Wiosna
w Jeżynowym Grodzie

Tytuł oryginału
Spring Story

Redaktorka inicjująca, dzięki której książka powstała
Magdalena Kilian-Antoine

Adaptacja okładki, czyli polską wersję okładki zaprojektowała
Maria Gromek

Adiustacja
Aurelia Hołubowska

Korekta, czyli błędy w książce poprawiły
Katarzyna Onderka
Joanna Myśliwiec
Magdalena Wołoszyn-Cępa | Obłędnie Bezbłędnie

Łamanie, czyli słowa na stronach poukładali
Piotr Poniedziałek, Dawid Kwoka

Książkę wydało dla ciebie Wydawnictwo Znak Emotikon,
imprint Grupy Wydawniczej Znak

For more information visit the Brambly Hedge website at: https://bramblyhedge.com/

ISBN 978-83-240-9874-3

Przeczytaj, co o książce sądzą inni czytelnicy, i oceń ją na lubimyczytać.pl
Książki z dobrej strony: www.znak.com.pl
Więcej o naszych autorach i książkach:
www.znakemotikon.pl, www.wydawnictwoznak.pl
Społeczny Instytut Wydawniczy Znak, 30-105 Kraków, ul. Kościuszki 37
Dział sprzedaży: tel. 12 61 99 569, e-mail: czytelnicy@znak.com.pl

Wydanie I, Kraków 2024
Printed in EU

WIOSNA
W JEŻYNOWYM GRODZIE

JILL BARKLEM

Przełożyła
Katarzyna Szczepańska-Kowalczuk

znak emotikon

Kraków 2024

W cudny, szklisty poranek wiosenne słońce zajrzało do wszystkich domków wzdłuż jeżynowego żywopłotu, a okienka w pniach drzew pootwierano na oścież.

Wszystkie myszki wstały wcześnie, a najwcześniej Fredzio, który mieszkał z całą rodziną w pniu grabu. Miał dzisiaj urodziny.

Prędko wyskoczył z pościeli, popędził do pokoju rodziców i dotąd po nich skakał, aż dali mu prezenty.

– Wszystkiego najlepszego, Fredziu – życzyli mu pani i pan Żabuchowie zaspanymi głosami.

Fredzio poobdzierał prezenty z ładnych papierków i rozrzucił je po podłodze. Piski radości, jakie przy tym wydawał, obudziły jego braci i siostry.

Rodzice obrócili się na drugi bok i spali dalej. Fredzio natomiast usiadł sobie na schodach i dmuchał w nowy gwizdek.

Tuż obok, w domku Pod Dziką Jabłonką, mieszkali państwo Jabłuszkowie. Przez okno ich sypialni dotarły do nich dźwięki Fredziowej piszczałki. Pani Jabłuszko wstała i rozkosznie się przeciągnęła. Wciągnęła noskiem słodkie poranne powietrze i zeszła na dół, do kuchni, by zaparzyć imbryczek herbaty z czarnego bzu. Była bardzo uprzejmą myszką, a przy tym świetną kucharką. Jej domek zawsze pachniał domowym chlebem, świeżymi ciasteczkami i jagodowym puddingiem.

– Śniadanie! – zawołała. Pan Jabłuszko z westchnieniem wyszedł z łóżka i usiadł z żoną przy stole. Zajadali grzanki z dżemem i słuchali poświstywania Fredzia.

– Ktoś tu chyba powinien wziąć lekcję u kosa – powiedział pan Jabłuszko, strzepując z wąsów okruchy i sięgając po płaszcz.

Pan Jabłuszko był miłym, nieco staroświeckim myszorkiem. Był strażnikiem Składziku w Pniu, gdzie trzymano wszystkie zapasy mieszkańców Jeżynowego Grodu.

Pień znajdował się niedaleko. Pan Jabłuszko
właśnie wesoło szedł wśród wysokiej trawy w jego
kierunku, gdy ktoś szarpnął go za ogonek. Pan
Jabłuszko natychmiast się odwrócił i zobaczył Fredzia
z gwizdkiem w łapce.

– Mam dzisiaj urodziny – pisnął Fredzio.

– W rzeczy samej, młody myszaku – potwierdził pan
Jabłuszko. – Wszystkiego najlepszego! A czy miałbyś
ochotę poszperać ze mną w Składziku? Może razem
znajdziemy tam coś ciekawego?

W środku pnia znajdował się ogromny hol, z którego rozchodziły się liczne korytarze i klatki schodowe. Prowadziły one do dziesiątek magazynów wypełnionych orzechami, miodem, dżemem i konserwami. To wszystko trzeba było przejrzeć i gdy wreszcie skończyli, Fredzia tak bolały nogi, że usiadł w holu przy kominku, żeby odpocząć.

Pan Jabłuszko zdjął z półki słoik z fiołkami w cukrze. Zrobił rożek z papieru i napełnił go słodyczami. Potem wziął Fredzia za łapkę i przez ciemne korytarze wyprowadził go z powrotem na słońce. Fredzio poszedł poszukać brata, a pan Jabłuszko pomknął wzdłuż żywopłotu, żeby złożyć wizytę swojej córce Stokrotce i jej mężowi – lordowi Drewience.

Lady i lord Drewienkowie mieszkali w pałacu
Pod Starym Dębem, pośrodku żywopłotu.
Z zewnątrz pałac wyglądał jak najzwyklejszy
dąb, lecz jego pień był tak wydrążony, że mieścił
przepiękną rezydencję z licznymi pokojami.

Najwspanialszym z nich była sala balowa.
Lśniące drzwi prowadziły kolejno do eleganckich
kuchni, jadalni, sypialni, bawialni, kręconych klatek
schodowych i tajnych przejść. Pałac Pod Starym
Dębem był od wieków siedzibą rodu Drewienków.

Na pierwszym piętrze, w najokazalszej sypialni,
promienie słońca zbudziły właśnie lorda i lady
Drewienków.

– Co za cudowny dzień! – westchnęła Stokrotka,
pogryzając pierwiosnkowe ciasteczko. Gdy małżonkowie
dowiedzieli się, że ojciec Stokrotki przyszedł właśnie
z wizytą, zaraz wstali, szybciutko się ubrali i kręconymi
schodami zbiegli na dół, by go powitać.

Zastali go w kuchni, gdzie w towarzystwie kucharki, pani Chrupiskórki, pił już miętową herbatkę. Stokrotka ucałowała tatę i usiadła obok niego.

– Witaj, papciu. Co cię tutaj sprowadza o tak wczesnej porze?

– Właśnie spotkałem małego Fredzia – odpowiedział. – Ma dzisiaj urodziny. Może zrobilibyśmy mu jakąś niespodziankę?

– Co za wspaniały pomysł! – podchwycił lord Drewienko, a Stokrotka przytaknęła.

– Upiekę mu specjalny urodzinowy torcik, jeśli zgodzi się na to jego mama – zaproponowała pani Chrupiskórka i pospieszyła sprawdzić, czy ma w spiżarni wszystko, co jej będzie potrzebne.

Oczywiście wszyscy mieli być zaproszeni, więc pan Jabłuszko ruszył wzdłuż żywopłotu w kierunku lasu, a lord Drewienko w drugą stronę, w dół, do strumienia, i po drodze wstępowali do każdej chatki.

Pierwszym domkiem na trasie pana Jabłuszki był domek Pod Dzikim Bzem. W tym miłym krzaku mieszkał sobie Bazyli. Był on strażnikiem piwnic Składziku w Pniu. Akurat wstawał.

– Co? Piknik? Świetnie! Przyniosę trochę wina z płatków róży – powiedział, kręcąc się z roztargnieniem po pokoju w poszukiwaniu spodni. Bazyli miał długie białe wąsiki i zawsze nosił szkarłatną kamizelkę. Miał też zwyczaj zabawiać inne myszki opowiadaniem rozmaitych historii.

– Ach, tu jesteście, dranie! – wykrzyknął na widok spodni, które wypatrzył wreszcie za kanapą.

Następnym domem, do którego dotarł pan Jabłuszko, był grab. Pan Żabuch siedział przed nim na schodkach, jadł chleb i galaretkę z jeżyn.

– Pomyśleliśmy sobie, że byłoby miło zorganizować piknik-niespodziankę dla Fredzia – szepnął mu pan Jabłuszko. – Nie powiemy mu, o co chodzi, i spotkamy się wszyscy w południe przy korzeniach pałacu.

Pomysł zachwycił pana Żabucha, który zaraz zniknął we wnętrzu domku, by o wszystkim powiedzieć żonie. Pan Jabłuszko powędrował zaś dalej, do pana Nornicy mieszkającego w kępie trawy pośrodku pola.

W tym samym czasie lord Drewienko zmierzał ku strumieniowi. Wieści zdążyły go już wyprzedzić, toteż ze wszystkich okien wzdłuż żywopłotu wychylały się podniecone myszki i pytały, kiedy będzie ten piknik.

– Zobaczę, czy mam jeszcze jakieś konserwy – powiedziała stara pani Bystrzycka.

– Przynieść obrus? – dopytywali tkacze, którzy mieszkali w splątanych gałęziach głogu.

Makóweczka Bystrzycka, ta z mleczarni, obiecała przeróżne serki, a młynarz zwany Dereniem Mącizniakiem zapowiedział, że dostarczy bułeczki.

Myszki wkrótce zaczęły zaglądać do Składziku w Pniu, żeby zabrać mąkę koniczynkową, miód, brandy z jeżyn, mak i inne smakołyki potrzebne na piknik. Pani Chrupiskórka upiekła wielki tort z orzechów laskowych przełożony warstwami gęstego kremu, a mama Fredzia go ozdobiła. Pani Jabłuszko zrobiła swoje słynne puddingi pierwiosnkowe.

Fredzio wiedział, że szykuje się jakieś wydarzenie i że jeżeli będzie grzeczny, to będzie mógł wziąć w nim udział. Starał się wobec tego, jak mógł, a to nie było łatwe z nowym gwizdkiem, bębenkiem i procą na groch, które dostał na urodziny.

Gdy rodzina Żabuchów zjawiła się pod pałacem,
Fredzio czuł się raczej rozczarowany, że inni, którzy też
tam przybyli, zdawali się nie wiedzieć o jego urodzinach.
W głębi duszy liczył na kilka dodatkowych prezentów,

ale ponieważ dopraszanie się o nie jest niegrzeczne, ukrył
swoje oczekiwania najlepiej, jak potrafił. Na komendę
lorda Drewienki wszyscy wyruszyli w drogę z koszykami,
torbami piknikowymi i taczkami.

Każdy coś niósł. Fredziowi wręczono ogromny
koszyk, tak ciężki, że ledwo mógł go dźwignąć. Pani
Jabłuszko pożyczyła mu wprawdzie taczki, a jego bracia
i siostry pomagali je pchać, lecz mimo to biedny Fredzio
z trudem nadążał za resztą towarzystwa.

Droga była daleka. Dźwigając, pchając, wioząc
i taszcząc, myszki okrążyły pałac, przemierzyły
pole i wspięły się do strumienia. Fredziowi zrobiło się
gorąco i chciał odpocząć.

– Jesteśmy już na miejscu! – obwieścił w końcu lord
Drewienko. Koszyki postawiono i otworzono, a na trawie
poprzerastanej mchem rozpostarto serwety z pokrzyw.
Fredzio był wyczerpany. Usiadł na swoim koszu, zbyt zmę-
czony, by go otworzyć, ze smutnie oklapniętymi wąsikami.

Pan Jabłuszko odmówił modlitwę dziękczynną: *Obyśmy byli wdzięczni za dobre pożywienie z naszych zielonych pól.*

– Sądzę, że noże są w twoim koszu, Fredziu – powiedział uprzejmie. – Jeżeli je wyciągniesz, będziemy mogli pokroić ciasta.

Fredzio powoli wstał z miejsca, na którym siedział, i otworzył zamknięcie koszyka. Kiedy podniósł pokrywę, nie mógł uwierzyć własnym oczom.

Wewnątrz było mnóstwo prezentów, a pośród nich wielki tort, na którym widniał napis zrobiony różowym lukrem: „Powinszowania z okazji urodzin, Fredziu".

– Sto lat, sto lat niech żyje, żyje nam – śpiewały myszki.

– A teraz ty nam coś zagraj – odezwał się Bazyli,
gdy solenizant otworzył już wszystkie swoje prezenty.
Wówczas Fredzio powstał nieśmiało i na swoim gwizdku
odegrał *Zegar z dmuchawca*.

Pani Żabuchowa szturchnęła go znacząco, kiedy
skończył.

– Yyyy… dziękuję wam za wszystkie piękne prezenty –
powiedział Fredzio, starając się unikać
wzroku pani Chrupiskórki. Trochę
wcześniej przyłapała go bowiem na
strzelaniu żołędziami w okna swej
kuchni.

– Czas na herbatę – ogłosiła Stokrotka Drewienko. Myszy rozsiadły się na trawie, a Fredzio częstował wszystkich tortem.

Po herbatce dorośli ucięli sobie drzemkę pod polnymi dzwonkami, a młodzież bawiła się w chowanego wśród pierwiosnków.

W końcu słońce zaczęło zachodzić za Daleki Las,
a nad pole nadciągnął chłodny powiew. Czas wracać do
domu. Gdy na niebie pojawił się księżyc, w Jeżynowym
Grodzie panowały cisza i spokój. Wszystkie myszki już
mocno spały.